新雅兒童成長故事集

甲由王子的神秘傷口

孫慧玲 著

新雅文化事業有限公司
www.sunya.com.hk

新雅兒童成長故事集

甲由王子的神秘傷口

作　　者：孫慧玲
插　　圖：沈立雄
策　　劃：甄艷慈
責任編輯：周詩韵
美術設計：李成宇
出　　版：新雅文化事業有限公司
香港英皇道 499 號北角工業大廈 18 樓
電話：(852) 2138 7998
傳真：(852) 2597 4003
網址：http://www.sunya.com.hk
電郵：marketing@sunya.com.hk
發　　行：香港聯合書刊物流有限公司
香港新界大埔汀麗路 36 號中華商務印刷大廈 3 字樓
電話：(852) 2150 2100
傳真：(852) 2407 3062
電郵：info@suplogistics.com.hk
印　　刷：中華商務彩色印刷有限公司
香港新界大埔汀麗路 36 號
版　　次：二〇一六年七月初版
二〇二〇年九月第三次印刷
版權所有・不准翻印

ISBN: 978-962-08-6608-1
© 2016 Sun Ya Publications (HK) Ltd.
18/F, North Point Industrial Building, 499 King's Road, Hong Kong
Published in Hong Kong
Printed in China

目錄

前言

成長路上

阿濃

各位小朋友，你們這個人生階段，最重要的事情是什麼，你們知道嗎？

答案是：成長。

你們大概沒有看過養蠶，蠶兒在結繭之前有四次休眠，在這四次休眠之間，牠們只是不停的吃。一大筐桑葉倒下去，牠們就努力的吃吃吃，幾千條蠶兒同時吃桑葉，發出的聲音好像下大雨一般。牠們這般努力的吃，就是為了完成一個成長過程。牠們的努力使我感動，但牠們不知道牠們未來的命運卻又使我感到悲哀。

我參觀過雞場和鴿場，成千上萬的食用家禽困居在一個個狹小的空間裏，憑自動供應的飼料和水按日成長，到了規定的日子，被推出市場或屠宰場。

短促的無意義的生命使我為這種安排感到遺憾。更不幸的是有一種飼養方法叫填鴨，要把過量的飼料塞進牠們的喉管，人工地製造一種被吃的鮮美肉質。

電視上看過一種養鴨方法，看上去比較人道。養鴨人手持一根長竿，把一羣幼鴨從家鄉帶上路，經過一些河流和池塘，鴨子自己覓食，一天天成長。最後到了預定的目的地，牠們已經適合送進肉食市場。趕鴨人連飼料也省下，鴨的旅程比較快樂，只是結局同樣無奈。

人的成長過程完全是另一回事，成長的目標之一，是能發展為一獨立個體，能夠控制自己的生命，度過有意義的一生。這有意義的一生包括相愛、歡樂、創造和奉獻。無比的豐盛，美麗又富足。

人的成長可分為身體成長和心靈成長兩部分，兩部分同樣重要。家長、老師、政府都應該關心下一代的健康成長，供應他們最健康的食物，提供鍛煉身體的適當設備，讓他們接受從低到高的完整教育。這是基本，不應忽略但長被忽略的卻是心靈的健康成長。我們看到有人搶購認為值得信賴的奶粉，卻沒有人搶購精神食糧的書籍。

古人已注意到心靈成長的重要，孟子的母親搬了三次家，就是想找到一處良好的環境，有利於孩子的心靈健康成長。

影響心靈成長的因素很多，首先是家庭，父母的教導和本身的行為都深深影響孩子。跟着是學校，學校的風氣，老師的薰陶，同學的表現，對兒童及青少年心靈的成長有決定性的作用。隨後是社會，政府的管治理念，公民質素，文化水平，影響着每家每戶每個個體的靈魂風貌，整體格調。

其實有一樣能兼任父母、老師、政府的教化工作，影響人類心靈至深至巨，曾經很難得，現在很普遍的物件，它就是書籍。從前有少數人出身於世代都是讀書人的家庭，稱之為「書香世代」。如今教育普遍，圖書館林立，網上資訊豐富，要接觸書籍絕無難度。只是少年朋友的選擇能力還未足夠，他們需要有經驗的出版家和作家為他們製作有助心靈成長的書籍。

香港最專業的少年兒童出版社，新雅文化事業有限公司，擔負起這個重要的任務，有計劃的製作一個成長系列。邀請城中高質素的兒童文學作家，為他們寫書。做到故事生活化，讀來親切；觀念時代化，絕不落伍；情節動人，文字有趣。編輯部又加工打造，讓故事兼備思想啟發和語文學習功能。孩子們將會獲得一套伴隨心靈成長的好書了。

阿濃

原名朱溥生，教師，作家。曾任香港兒童文藝協會會長。五度被選為中學生最喜愛作家。曾獲香港兒童文學雙年獎，冰心兒童文學獎。香港教育學院第一屆榮譽院士。

甲由王子的神秘傷口

1. 不速之客

王子奇的名字中本來就有「王子」兩個字，加上他平日就是説話多、動作多、表情多，得個「口水王子」的諢號，是自然不過的事；他的最好朋友是黃小強，跟他一樣，老愛嘻嘻哈哈吱吱喳喳的説話不停，由於他的名字「小強」，是香港人口中的甲由，即普通話中的蟑螂，所以黃小強便得到「口水甲由」的諢號。口水王子和口水甲由兩人，在學校形影不離，要叫喚他們，一聲「口水黨」便可以了。

說到給「花名」、諢號，小孩子是創意無窮的！

這故事說的是甲由王子，到底口水甲由與甲由王子是一個人還是兩個人？

要知道這個問題的答案？

好的，精彩故事來了：

一天早上，我孫小玲、小甜甜溫恬妮、愛美麗三人回到學校，時間還早，先到課室放下書包，怎知道，一踏進去，便赫然看見一隻甲由——在我桌子上舞動觸鬚，揚威耀武！

我們嚇得不約而同地大叫起來：「甲

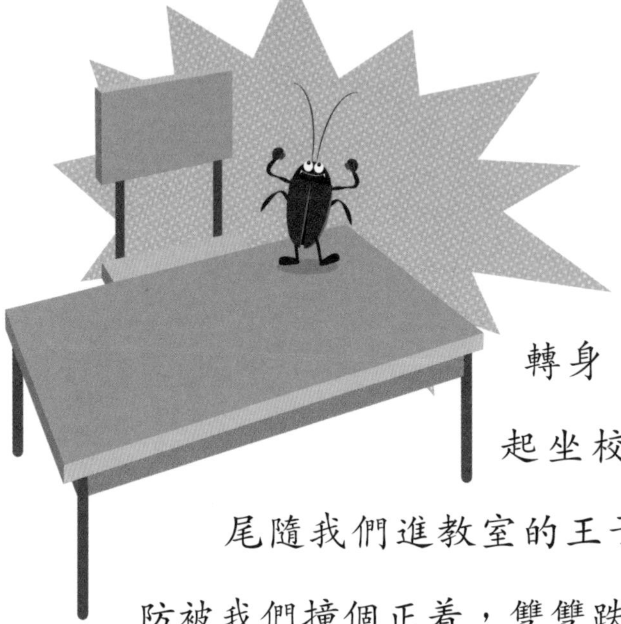

甴呀！」

我們沒命地轉身，拔腳就跑。一起坐校車回學校，正尾隨我們進教室的王子和小強，冷不防被我們撞個正着，雙雙跌倒地上。

王子大叫道：「你們搞什麼鬼呀？！課室有鬼嗎？」

小強也大叫道：「你們搞什麼鬼呀？！課室有鬼嗎？」

小甜甜一邊扯着我和愛美麗後退，一邊指着教室嚅嚅的說：「有……有……有……甲甴呀！」

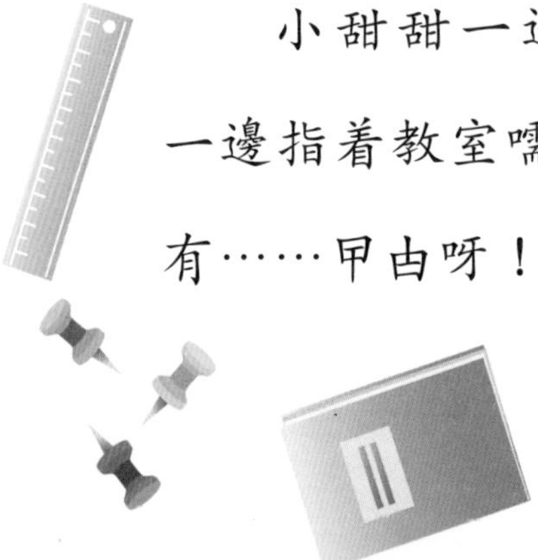

無論牠叫甲甴、還是蟑螂，這種傢伙，都是人類，特別是女孩子最害怕、最憎惡的。

牠樣子奇醜無比，啡色、褐色、啡褐間條色；你不會見到牠的眼睛，但你知道牠正盯着你；你最會注意到牠的兩條觸鬚，不停擺動，向你示威；還有那兩排腿，前

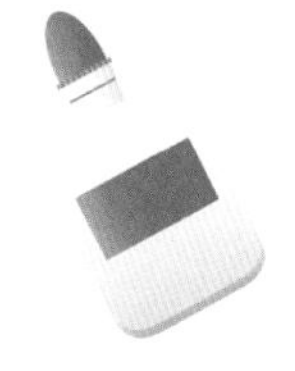

高後低，毛茸茸的，兀突可怕！

牠忽然地出現，鬼頭鬼腦，又倏地消失，像鬼魅般嚇你一跳！

牠躲在你家不知哪個角落，生卵繁殖，子子孫孫，倏間千千萬萬，無論人類用什麼甲由屋、殺牠死、毒藥等法寶，都沒法徹底消滅牠的家族！

牠還會飛呢！神秘莫測地從屋外撲進屋內，奸險得好像無論你坐在哪兒，站在哪裏，牠都故意向你衝過來、撞過來、撲過來，嚇得你像瘋了似的亂跑亂跳亂踩亂性哇哇大叫，然後牠又消失了，不知鑽進你家中哪個縫隙紮營！

總之，牠們可怕！可惡！可厭！可憎！可恨！

我們不要見到牠！和牠們！

「甲由？待我來收拾牠！」黃小強一個翻身，便衝進課室！

王子奇哪會袖手旁觀？他和小強是愛玩兄弟拍擋：「甲由？在哪？」他也緊隨衝了進去。

「沒有甲由呀?!」小強在教室裏喊道。

我們三個女孩只敢擠在教室門口探頭探腦，果然沒再看見那隻可怕可惡可厭可憎可恨的傢伙！

「你們這麼大喇叭大動作，甲甴又怎會等你們來收拾呢？！」我說。

這些傢伙是很聰明的，警覺性超高，繁殖量超大，適應環境力超強，風寒暑濕燥熱全不怕，躲又躲得隱蔽，殺又殺不盡，真是人類大患！人類大患！

聽說，人類滅亡後，甲甴將會是地球的統治者。

「你們眼花看錯了吧？課室裏又怎會有甲甴？」王子奇用懷疑的目光看着我們。

看！甲甴就有這個本事，使同學朋友間起疑心，互不信任！

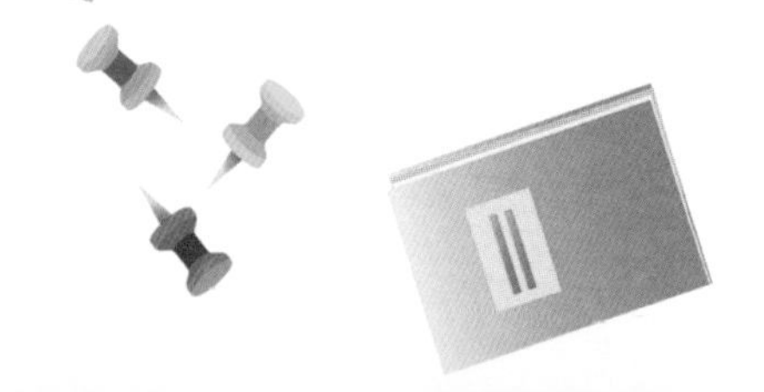

2. 口水甲甴和甲甴王子

吁，甲甴風波算是告一段落。

上課鐘聲響了，大家在禮堂聽過校長訓話，排好隊伍，由班主任陳老師帶領回去課室，跟在她後面的，是女班長小甜甜温恬妮，男班長口水王子王子奇排在隊末，和他一起的當然是口水甲甴黃小強。

自從被選做班長後，王子奇的口水似乎減少了，在適當時候，他還會堅守做班長的責任，無論黃小強如何引誘他，和他説什麼，他都能三緘其口，甚至將食指放在唇上，示意小強「收口水」，充分表現班長應有的風範。

「老師！甲甴呀！」課室門口，大家忽然聽到女班長小甜甜慘叫。

同學中，不論男生女生，有許多都是害怕甲甴，聞甲甴色變的！畢竟，在都市孩子眼中，這種昆蟲，代表骯髒，代表邪惡，代表可怕。

小甜甜班長的一聲「甲甴呀！」嚇得許多同學也尖叫「有甲甴呀！」，紛紛掉頭要走，結果擠作一團，場面混亂。班主任陳老師沒有尖叫，但看她臉色刷白、豎眉瞪眼的樣子，明顯地也被「小強」嚇得花容失色了。

正當大家亂作一團爭相要退後之際，

在隊伍後面的「雙王」，反而撲身上前，擠開眾人，衝進課室！多麼英勇啊！

兩隻深啡色的邪惡怪物，正舞動頭上的觸鬚，向着人類示威，牠們可能正在嚷嚷：「膽小鬼！什麼萬物之靈呀！我呸！呸！呸！」

只見小強二話不説，連鞋子也不脱，一舉手，向桌面一拍——拍扁了一隻傢伙的——下半身，牠頭上的觸鬚還在動，瞪着眼望着我們！

Oh ！ My God ！

那是我孫小玲的桌子呀！何必偏偏選中我呢？!

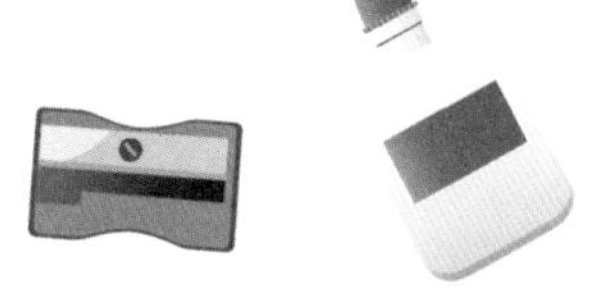

Oh！No！No！No！

我見到活的覺噁心！見到死的更覺噁心！見到半死不活的更更覺噁心！哎！哎！哎！

一隻被拍半扁黏在桌子上，另一隻倏地竄了，不知所蹤！

好一個小強，馬步一跨，一腳踩在椅子旁，踩扁了正在竄逃的另一隻！眼界的準確，身手的敏捷，叫人歎為觀止！

吁！幸好那隻踩甲甴的腳，是穿上鞋子的！

王子班長在小強面前，顯得有點眼呆手鈍腳慢，給黃小強搶盡風頭了。

沒辦法哩，王子奇，人家口水甲甴小強既然叫甲甴，自然對甲甴一族了解比你多，今次一役，盡顯威風，也是順理成章的！

收拾了兩隻傢伙，為班除害，大家都舒了口氣，由衷地向小強鼓掌，喊道：「甲甴王子！甲甴王子！甲甴王子！」

從此，口水甲甴便由口水王子的跟班，變成了英雄，「升呢」到和口水王子同起並坐的王子等級，成為甲甴王子，地位不同以前了，因為甲甴這種可怕的生物，他得到大家的崇拜。

3. 搜捕大行動

「大家不要驚慌，安靜地返回座位，看看桌子椅子上下內外還有沒有甲由，如果發現甲由，無論生死，都要來向我報告。」還叫我們不要驚慌？陳老師自己已經被嚇壞了。

搜捕大行動開始了，同學們都顯得很興奮，不用上課，更「奉旨」翻椅倒桌的，頑皮一族固然乘機反斗一番，文靜一羣也禁不住雀躍萬分。

我用右手兩隻手指拈着紙巾，左手掩着鼻子和雙眼，從指縫中去窺視桌上那隻被拍扁了半截的「東西」和黏液，真有點

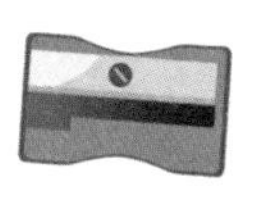

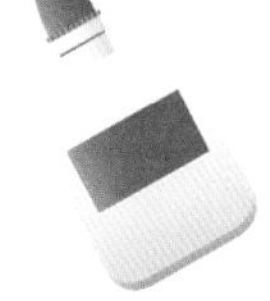

反胃的感覺，正想張聲叫黃小強來收拾他的子民……

「黃小強，你來幫老師檢查。」嘻，做老師便有這個特權，自己不想做或害怕去做的事，便指派學生去做，我暗地裏笑了。

沒辦法，我只好鼓勵自己說：「不用怕，孫小玲，甲由不可怕，蟑螂不可怕，甲由蟑螂不可怕！」我用紙巾蓋住「那東西」，跟王子奇借了一把長膠尺，想用兩把膠尺夾起牠……

冷不妨王子奇說：「待我來！」伸手一抓，便將「那東西」包在紙巾中，走出

去丟到垃圾箱中……

「真不愧王子風範，利落、大方、勇敢、驍健、樂助……」我在心裏由衷讚稱：「如果弟弟是這樣的一個男孩子便好了……」

為什麼女孩子便做不來？一隻甲由罷了……我有點看不起自己了！

「我也害怕啊，最好有黃小強來幫我。」愛美麗嘀咕着。

每個人都檢查過自己的地方，沒有再發現甲由影蹤，校室仍然充滿起哄氣氛。

「吁，還好，我還以為要通知校長，來一個滅蟲大行動。」陳老師舒一口氣說。

「大家記好了，校規規定不許在課室飲食，弄污地方。」陳老師提醒我們說。

「如果你們不把沒吃完的食物放在課室內，是沒理由出現甲甴的。」陳老師在懷疑誰？

「今天放學時，記得帶走抽屜中所有東西，明天周六，不用上課，我會請校工來徹底清潔一下。」陳老師吩咐道。

「小強，謝謝你，回去你的座位，順便檢查一下你的桌椅。我們要開始上課了。」陳老師轉過身去，準備在黑板上寫上課題。

小強一回到座位，便將抽屜中的東西

掃出來，誰料隨着書簿，還有許多餅乾碎、豬肉乾碎……跌下來，最後還跳出一隻甲甴！

「嘩！甲甴呀！」同學們又叫又跳起來。

明白了，有人將吃剩的零食留在書桌的抽屜中，惹來甲甴！

好一個黃小強，一伸手，便將那隻倖存者活生生地捉在掌中，牠的一對觸鬚，不停地在小強的指縫處顫動！口水甲甴，赤手空拳，生擒甲甴！

「甲甴王子！甲甴王子！甲甴王子！」同學們又一次掌聲如雷，歡呼擁戴，這時刻，甲甴王子的鋒頭，遠遠在口水王子之上。

連陳老師也禁不住讚歎：「好身手！」

大家似乎都只注意甲甴王子的「英雄本色」，忘記了他是甲甴災難的引入者，

始作俑者。

這世界，就是這麼奇怪：做了錯事的人，反而會成了英雄！

這叫成長中的我們如何分清是非對錯？

4. 甲由王子的神秘傷口

甲由風雲終於過去了，班中又回歸平靜。

這一天午膳時間，吃過午飯，大家各自找玩意去了，口水王子是班長，和小甜甜雙雙被班主任陳老師召去討論班務，王子二人組的甲由王子落了單，加上今天好

像有點睏，獨自趴在小食部角落的桌子上睡覺。

「哎吔！好痛呀！」小食部那邊傳來慘叫。

大家聞聲走過去看過究竟，只見小強右手捉着左手，左手尾指穿了一個小窟窿，那片皮肉，不知被什麼東西咬去了！

什麼東西來吃人肉午餐？

「哇，好可怕呀！」

「喔，太恐怖了！」

「噢，一定痛死了！」

「哎，活生生的！」

「唷，人肉刺身！」

「嘿，桌上還有飯粒，牠是在吃人肉壽司呀！」我說。

說起正式教材以外的話題，沒有成人敢說我們沒創意吧？!

言歸正傳，這傷口來得真神秘，不太大、不太深，也不甚見血；奇怪的是不腫，也不紅，只是留下一個駭人的小孔，是什

麼原因造成的？

好像是被什麼咬穿的。

這樣的傷口，給人一種神秘的感覺。

「當時小強正在打瞌睡，有東西走到他身上，來到他手指上……」我大膽假設。

「一定是小強的手指有些氣味，吸引那東西走來，大快朵頤。」我繼續分析。

大家聽得入神，也沒有人想到小強要去護理室療傷。

5. 王子復仇記

這時，王子奇出現了，一看到小強手指上的傷口，便說：「咦，小強，你以前

也試過出現這樣的小窟窿傷口呀……」

「我記起了，是甲由咬的……我以前試過被甲由吃去一片皮肉……」小強說。

「什麼，剛才是一隻甲由在吃你的皮肉?!」我驚叫道。

「小強，真的蟑螂王子找你晦氣來了！誰叫你前天在課室拍扁踩死牠的子民？現在上演的是甲由復仇記！」王子奇真夠想像力，我由衷地拜服。

「好一齣王子復仇記甲由版！」

甲由王子被蟑螂王子咬傷了，失去了尾指指頭上一塊皮肉的事，驚動了校長，結果，全校工友被勒令全校大清潔、大掃

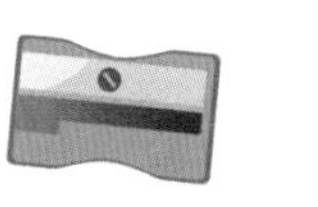

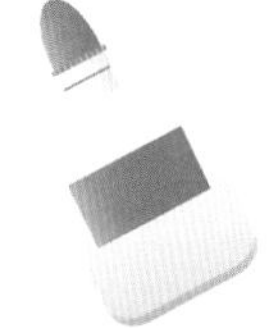

除、大清洗，校長當然也安排滅蟲公司來滅蟲，實行要清潔校園，保護學生，要蛇蟲鼠蟻一掃空，否則家長投訴，傳媒炒作，後果不堪設想。

甲甴王子被蟑螂王子咬傷，卻表現得若無其事。

「在鄉間，甲甴到處可見，和甲甴一起睡，和甲甴同吃喝，有什麼稀奇的？人們還吃炸甲甴呢。」甲甴王子淡淡然的說。

是呀，我們差點忘記了，小強是五歲時才從內地鄉間移居香港的。

甲甴？對他來說，小事啦！

班長大人

1. 小甜甜變、變、變

班主任陳老師決定不再由班主任老師委任班長，而是由班中同學提名男班長和女班長候選人，由候選人發表競選演辭，然後大家投票，選出一名男班長和一名女班長。王子奇高票當選了男班長，温恬妮當選了女班長。

王子奇積極正派，風趣幽默，活潑好玩，待人又誠懇有禮，善用魔法咒語：「請、謝謝、對不起！」，贏取了同學的

歡心，尤其是他遭遇到交通意外後表現勇敢堅毅，更贏得了同學的敬重，毫不費力地高票當選男班長，是理所當然的。

小甜甜溫恬妮溫柔怕事，說話輕聲，沒有卓越成績，平日也不是班中的風雲人物，本來輪不到她做班長，但她希望生病的媽媽得到安慰快些痊癒的苦心，感動了同學，於是被選為女班長。

小甜甜做班長，本來我們都擔心她太柔弱，管不了呂仁這類「壞蛋」和其他頑皮多口鬼如口水甲由，不，現在是甲由王子的黃小強等人。

出乎意料的是，小甜甜溫恬妮做了班

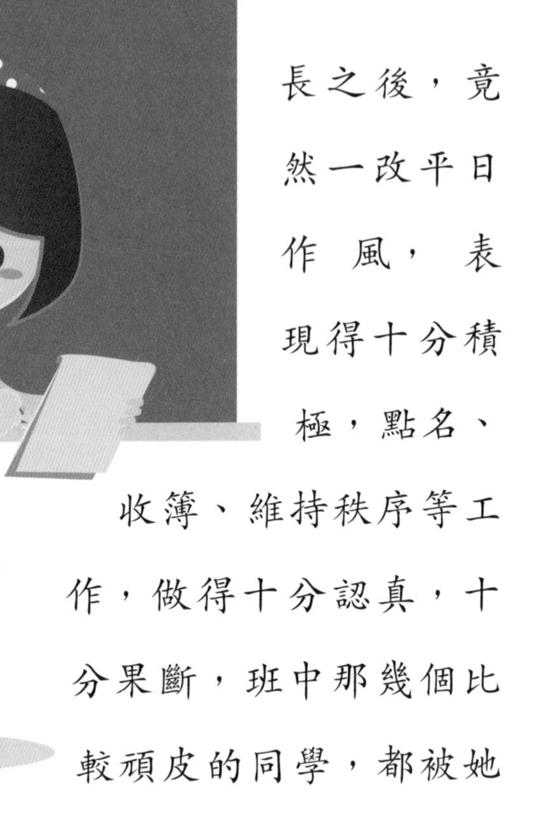

長之後，竟然一改平日作風，表現得十分積極，點名、收簿、維持秩序等工作，做得十分認真，十分果斷，班中那幾個比較頑皮的同學，都被她盯得緊緊的，我和愛美麗是她最好的同學、最好的朋友，也不知道原來她有這樣強悍的一面。

每一節課，老師未到達前，班長小甜

甜第一個走上教壇，站得畢直，儼如女警官，居高臨下，監視同學，看誰和誰說話，誰、誰、誰不安坐座位上，手舞足動等。

2. 班長大人

「呂仁，不許說話！」話口未完，班長小甜甜便在班長王牌——記名冊上寫字，不用說，她當然是登記「呂仁」的名字，以便向班主任陳老師報告、投訴。

呂仁是班中一個超級頑皮，愛喧嘩追逐，專做些搗蛋破壞小勾當，又老愛生事，常和同學吵架，甚至動手打人的男同學，是所有人公認的的絕版「壞蛋」。

「班長大人，是『唔明』叫我的花名『女人』在先呀，我……」一聽到「女人」這兩個字，全班便哄笑起來。呂仁已經被多次記名了，當然要急忙辯護，希望洗脫罪名，但他在投訴別人時，卻也是叫別人諢名呀。

這個呂仁，也真可憐，被爸媽給了一個這麼一個「不錯」的名字——「仁」，加上姓呂，不被人取笑他是「女人」、「女人」便怪了！可惜呂仁爸媽沒給他幽默感，愛玩愛笑的同學們，又老故意和他開玩笑，要看他被人一叫諢名便生氣的樣子。爭執一起，當然注定不歡收場。他投訴的同學叫吳明白，諢名正是「唔明」。

「吳明白是吧？好，一併記名。」班長小甜甜立即又在冊上記下「吳明白」三個字。

「班……班長大人，」吳明白脫口哀求道，「不……不要，被老師寫手冊，我爸媽會……」吳明白緊張得口吃起來了。說到這裏，吳明白止聲了，低下頭來。我們小孩子都知道：許多家長，都望子成龍，望女成鳳，吳明白的爸媽，單就選班長一事，已經可以拿着大袋小袋的禮物來送給陳老師，還特地自家製牛油曲奇餅，叫吳明白請同學們吃，希望吳明白能夠當選，

可見他們對吳明白期望之高。這樣的家長，孩子在學業上成績不理想，行為上令他們不滿意，一定不會輕易放過，一定會讓孩子好看的。

「王子，你……你說，是『女人』說話，我沒有，是嗎？」吳明白滿臉通紅，顯然十分焦急。

「有誰見到、聽到吳明白說話呢？」男班長王子奇問，大家，包括甲由王子黃小強在內，都不敢張聲，只是搖頭表示，以免「班長大人」也將我們全部記名，向老師投訴我們不守「轉堂禁聲」的規則。

「温恬妮，既然沒有証人，你還是不

要記名吧。」王子奇說，大家都覺得有道理。

「吳明白，你剛才在走廊上奔跑，又拍『細細粒』林木森的頭，還向他扮鬼臉咧嘴傻笑，你承認不？」

嘩，班長幾時又變了全天候監察員了？!

金晶，全班考第一名的女同學，做班長的時候，不是這樣的。

「我、我、我跟他玩玩吧……」

「吳明白誠實，直認不諱，林木森也不介意，你就給他一個機會吧。」王子奇為吳明白求情說。

「哦，男班長偏心！」呂仁大叫道。呂仁平日愛鬧愛生事，是班中出名的「壞蛋」，「壞蛋」當然反叛，犯事當然掙扎，被逮當然不會乖乖就範。

「你又說話！」温恬妮又在冊上記錄了。

可憐的呂仁，今天已經被記名三次了。

3. 從可愛到可厭

小甜甜温恬妮是我的好朋友，樣子漂亮，聲線甜美，說話温柔得體，上課安靜，對人有禮貌，很樂於助人，雖然不是班中三甲人物，但功課整潔，繳交準時，很得老師和同學好感；她的性格一向婉弱怕事，也不太理會班中事務，出乎意料的是，她當選班長後，不但投入，表現做事能力，性格也變得大膽決斷，大家都對她刮目相看，為她高興。

可是，漸漸地大家發覺她有一個很令人討厭的「嗜好」，就是最愛記下「犯事」同學的姓名和所犯的「罪行」，而且不容同學解釋、申辯，使大家都覺得她專橫強悍，有點可怕。

她為什麼愛做「犯事紀錄」？當然是向老師投訴同學，邀功唄！

大家不再叫她小甜甜、溫恬妮，或

者班長，而是「班長大人」，她好像不知道這是同學對她的反感表現，居然很接受呢！

4.「少女三人組」解體

我、愛美麗和她，小甜甜，本來是「少女三人組」，住在同一屋邨，一起上學放學，一起玩耍，有說不完的話題，但現在，我和愛美麗都覺得不認識小甜甜了，她的溫婉有禮，她的文靜甜美，都哪裏去了？

難道，權力真的會令人改變？

這一天，早會完畢，同學們排隊上課室，愛美麗悄悄對我說：「小玲，我今天肚子有點不舒服，一會兒你陪我向體育老師告假好嗎？」

懾於班長挑剔，我不敢開口說話，點頭表示可以，怎知道，還是逃不過班長大人的法眼。

「都美麗，你可知道排隊上課室是不可以說話的嗎？」愛美麗姓都，英文名Emily，又「貪靚」，少女三人組中，我們只叫她愛美麗，現在溫恬妮直呼她的姓名，分明在擺班長架子，不顧朋友情誼。

「我們沒有故意說話，只是愛美麗身體不適，要我陪她向體育老師告假。」我替愛美麗解釋。

「孫小玲，我本來不記下你的姓名，但你也開口張聲了，犯了禁聲規條，公事公辦，你不要怨我。」小甜甜一臉正氣凜烈，大公無私的樣子。

「温恬妮，法律不外人情，你不要太過分。」我有點生氣了。

「今天我放過你們，同學們便會說我偏心。」温恬妮振振有詞地說。

「温恬妮，我們是好朋友，你又何必呢？」我苦口婆心相勸。

温恬妮不理會我，轉頭向甲甴王子怒吼：

「喂，黃小強，你為什麼亂拋垃圾？」

原來小強背囊書包中掉下了一個麪包袋，是他在上課前吃早餐留下的。

「班長大人，我正在找垃圾筒呀，麪包袋卻自己跳了出來，不關我事呀。」

「喂，呂晶，守住隊形，不要走出來，靠近牆一點。」

整段路上，這位班長大人都是在吆喝。

班長大人，你好煩呀！！！

我和愛美麗都覺得温恬妮這班長大人氣燄太盛，很難親近，不再是以前的小甜甜了。沒有和温恬妮商量，我倆便決定 dislike 温恬妮，解散「少女三人組」！並且

不再和這位班長大人說話。

5. 眾叛親離

溫恬妮這班長大人最離奇最反常最使人厭惡的是所謂「廁所偵察案」，這廁所偵察舉動，使她變成人見人憎的女魔頭，我們那一班的女同學，也包括其他班的女生在內，沒有人再願意和她說上一句話。

每一天上課，班長大人當然要維持課室秩序和監督

清潔，在小息，她除了維持排隊秩序外，更愛巡視女洗手間。

「喂，馬桶前的尿液是你的嗎？」

「不是，別冤枉我！」被責問的人憤怒地自辯，尷尬地低頭急遁……

「喂，那一條『屎』為什麼不沖走？」

「廁所沒水，沖不去！」被說的人紅着臉紅着眼低頭疾走了……

「喂，為什麼用那麼多廁紙瘀塞廁所？」

「你看見是我弄的嗎？」說話的是五年級女生，溫恬伲被搶白，不敢反駁，頭耷耷地走了……

大家都暗自失笑，覺得她很無聊。

教員室轉角處，我們無意中見到溫恬伲，她正在和陳老師說話，而且一邊說一邊抽泣！

「我執行校規，要同學排隊和在課室

內安靜，同學卻討厭我……」

「我要同學愛護學校，不要亂丟垃圾，同學卻不服氣……」

「我要同學有公德地使用洗手間，卻被人反罵……」

「男班長王子奇什麼也不做，只做好人，人人都喜歡他……」

「我這麼盡責，我錯了嗎？」

陳老師拍着溫恬妮的肩膊，打開她的記名冊，對她說：

「我看，恬妮，你每天毫不鬆懈，記下這許多同學的許多『罪行』，你真的很勤力、很盡責，但為什麼卻反招人厭惡呢？

你有沒有跟你的好朋友孫小玲和都美麗談談？」

「她們不理睬我，我們不再是朋友了。」

「做了班長，連好朋友也失去，多可惜啊！來，我們去走走。」

6. 跟縱

陳老師到底要帶温恬妮去哪裏呢？我們決定悄悄跟着。

噢！跟縱！太刺

激！太好玩了！

三樓走廊上，有個人彎腰拾起地上一張用過的紙巾，急步追着前面的同學。

只見陳老師帶溫恬妮跟着他；我們也緊緊跟隨着。

咦，那個人不正是王子奇？前面的同學不正是呂仁？

只見王子奇舉起手上的紙巾說：「呂仁，這是你丟的嗎？如果沒用，請你丟到垃圾桶中。」要求明確卻態度友善。

呂仁說：「好的，班長，知道了。」

「謝謝你，你很有公德，我要記下你一個優點。」王子奇拍拍呂仁肩膊說。

溫恬妮覺得很奇怪：壞蛋呂仁這樣聽話，怎麼可能？丟了垃圾還可以記下一個優點，也真是不可思議！

「那是因為王子奇要做好人，不記缺點甚至亂派優點，為他隱瞞壞行為，還要討好他！」溫恬妮不忿地說。

「還有，呂仁，提提你，你還未交功課呢。你不交功課我便要上報姓名了，別説我不先提醒你。」大家又聽見王子奇説，他摟着呂仁的肩膊，親切得像兄長跟弟弟説話，清晰提醒卻誠懇親切。

「噢，知道了。你真好人，不像那兇巴巴的女班長。」呂仁説道。

「他好人？好人便自己去拾起垃圾丟棄吧！」溫恬妮不屑地說。

「對不起，請你不要這樣說，我很欣賞溫恬妮的認真盡責，我做不到她的決斷英明。做班長責任重大呢，同學們也應該自律，盡量合作，幫助班長維持班中秩序和公德。」王子奇說，既說明自己對女班長的看法，也教訓了同學，卻沒有惹起反感。

溫恬妮愕然了，自己不斷在罵人家，人家卻處處在替自己說好話！

這期間，陳老師沒說一句話，溫恬妮的臉色，由憤怒的青，委屈的灰，轉為不

屑的白，再倏地轉為慚愧的紅了。

看來，聰明的溫恬妮，已經知道自己的問題所在了。

放學鈴聲響了，溫恬妮在校車上，特意再和我，還有愛美麗坐在一起，誠懇地對我們說：「對不起，我們還可以再做朋友嗎？」

當然可以！「少女三人組」復合了，小甜甜回來了！

誠懇、有禮、親切、體諒；

專橫、強權、冷漠、自把自為；

你班的班長屬於哪類型？

如果給你做了班長，你會是哪類型？

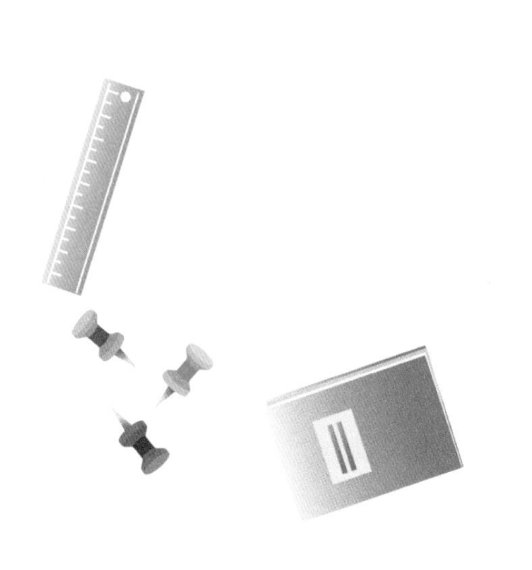

一宗謀殺案

這是一個有關謀殺的故事。

謀殺，就是有預謀的殺害，詞典說：謀殺，施用詭計殺害，使對方失去生命。

小學生預謀殺害生命？

有沒有可能？

沒可能？

哼，怎麼沒可能？

你們沒殺過小昆蟲，例如螞蟻嗎？

你們折殺過花兒嗎？踐踏過小草嗎？

你們明明知道牠們有生命，不可以這

樣對待別的生命，但卻故意、恣意去做，不就是謀殺嗎？

還有呀，前一陣子，我們還不是在課室裏大開殺戒撲殺甲由嗎？你們不但不反對，還讓口水甲由黃小強身分十級跳，搖身一變成為尊貴的「甲由王子」，得到全班喝采和崇拜！

今次又是甲由王子殺甲由的故事嗎？

1. 很壞很壞的蛋

不了，今次是有關那隻「很壞很壞的蛋」的謀殺的故事。

記得誰是「很壞很壞的蛋」嗎？

「很壞很壞的蛋」，不是諢號，只是他對自己的描述。

誰在班中超級頑皮，愛喧嘩追逐，常衝動生事，故意做些搗蛋破壞小勾當，又不懂禮貌，常和同學吵架，甚至動手打人？當然，是那個所有人公認的絕版「壞蛋」呂仁！他自己亦自詡是「很壞很壞的蛋」！

呂仁的爸媽給了他一個「仁」字，作為他的名字，希望他品德高尚，有仁愛之心，卻大意地忘記了家族姓「呂」。愛笑愛鬧，愛玩「諢名」遊戲的小學生，對「呂仁」，不說成「女人」、「女人」才怪！可惜呂仁爸媽並沒有給呂仁幽默感，碰到

人家叫他的諢名，他便生氣。他一生氣，便把同學桌上的書呀、簿呀、文具呀通通掃到地上，結果當然是爭執吵架，不歡收場。

小息，我們少女三人組正在操場蹓躂，説着老師們的新髮型新鞋子小動作等各種各樣有趣的事……我們向着操場偏遠的那棵大榕樹走去，想坐在樹下分享大家的零食，繼續談心。忽然，大榕樹那邊傳來惶急的叫聲：

「女人，你……你……你……在做什麼？」説話的人正是一緊張便口吃的吳明白，諢名就叫「唔明」，也是被我們取笑畫的人。

「我要殺死你！殺死你！」是呂仁咬牙切齒的聲音。

殺死什麼？

我們看不見呂仁，只看見吳明白睜大眼睛，張大嘴巴，一臉驚訝，伸手前指……

看來，呂仁躲在操場偏遠的大榕樹後面，正在做着什麼，我們看不到他，卻聽到他悻悻然地説要「殺死他！」

2. 殺死他？她？還是牠？

「我要殺死你！殺死你！」

到底呂仁要殺死誰？

我們想：一定不會是人，充其量是一隻螞蟻或者甲甴吧？

我們急步跑過去，一拐彎走到大榕樹後面……

看見呂仁正在對付一雙鞋！

一雙很新淨的白色運動鞋！

原來，他説的「我要殺死你！殺死你！」的是「你」——是一雙屬於死物的鞋子！

呂仁正在用剪刀，在運動鞋的鞋底上用力刺戮！

今天上體育課，大家腳上都是白色的運動鞋，奇怪的是呂仁腳上仍然穿着運動

鞋呢！

　　他手上的運動鞋是誰的？哪裏來的？

　　「喂，呂仁，你在做什麼？」

　　「哼，我要殺死這雙鞋！」呂仁說，怒氣沖沖的樣子。

「你為什麼要殺死鞋？」

「鞋做錯了什麼？」

「鞋子是誰的？」

少女三人組連珠發炮質問他，想阻止這宗「謀殺案」。

發現「謀殺案」的吳明白卻不知跑到哪裏去了。

呂仁低着頭，小心奕奕地要剪開穿鞋帶的小孔。

「我是鞋子的主人，我喜歡怎樣便怎樣。你們最好走開。」呂仁説着，很兇的樣子，真有點兒像「冷血殺手」。

「呂仁，你不可以這樣做，這雙鞋好

端端的，你不能夠肆意毀壞它。」我說，同時正要出手阻止他，卻見他揚起手中的剪刀，咬牙切齒，真像要殺人似的，我也不敢再向前一步。

「我不喜歡這雙鞋，我要媽媽買新的給我！」呂仁吼叫着說。

「它太小了嗎？你不合穿？」我問道。

「總之就是不喜歡這雙鞋！」呂仁說時，滿臉通紅，看來，這雙鞋真是他的仇人。

「你不喜歡便要毀壞它，你太浪費了。」愛美麗忍不住也加入指責。

「不殺死它，我怎會有新鞋子?!」呂

仁振振有詞說。

「呂仁，你再不停止攪破壞，我可要向陳老師告發你了。」對班長溫恬伲的這次告發，我和愛美麗都表示支持。

「哼！鞋子是我的，不關陳老師的事！」呂仁很固執，好像堅決要置那雙鞋子於死地似的。

3. 地球的哭泣

「怎麼不關陳老師的事呢？陳老師不是常常教育我們愛物惜物嗎？」口水王子男班長王子奇人未到聲先到。

「是呀，教育你們愛物惜物救地球，

正是做老師的責任呢！」班主任陳老師忽然出現了，後面跟着吳明白同學，還有男班長口水王子王子奇、甲由王子黃小強。

呂仁知道壞事暴露了，嘀咕着說：「早知道我躲在家裏做啦。」

「呂仁，你腳上正穿着運動鞋呢，這雙鞋子是哪裏來的呀？」陳老師問道。

「是我從家中帶來的。」在班主任面前，「兇手」變得較為冷靜下來了。

「是一雙新鞋子呢！」陳老師彎腰拿起鞋子審視着說：「你為什麼要在鞋面鞋底刺戮呢？」

「昨天我穿着它到樓下平台玩，被一

羣頑皮鬼取笑說鞋款老土，又說我穿着它似女人。」哦，說中呂仁大忌了，怪不得他反應有點強烈。

呂仁無限委屈的說：「我不要這雙運動鞋，如果它破了，媽媽會再買另外一雙給我。」他的神情有些狡黠。

那隻自詡是一隻「很壞很壞的蛋」的「壞蛋」呂仁，竟然會被人嘲笑欺負？!真是不可置信啊！

「這雙鞋，是媽媽帶你一起去選購的，對嗎？」陳老師問，呂仁點頭。

「買的時候，你是喜歡的，是嗎？」陳老師再問，呂仁再點頭稱是。

「但在被人取笑之後，你便決定要毀壞它，以便叫媽媽再買一對新的？」陳老師又再問，呂仁又再點頭稱是。

「呂媽媽真有遠見，就是看到你腳上那雙快不合穿了，所以先帶你去買了這雙替換。其實，我覺得這鞋款不錯啊。同學們，你們説是嗎？」陳老師把弄着鞋子，一臉欣賞的表情。

「是呀！是呀！」我們異口同聲説道。

「我爸爸可以有幾十條領呔、幾十副太陽眼鏡，昨天還買了第二輛新車；我媽媽新手袋新鞋子買了一個又一個，一雙又一雙，為什麼我不可以再買新鞋子？」呂仁還是意不平。

我們終於明白呂仁為什麼不知愛物惜物了。

有怎樣的家長，就有怎樣的孩子。

「所有物品，應該是有需要才製造，製造出來便要用得其所，每一個人都要盡力愛物惜物，不能浪費地球資源啊。」陳老師說。

我們雖然是小學生，但都明白如果當

地球是垃圾場，破壞物品，製造垃圾，地球也會七痨八傷的。看，香港的垃圾堆填區不都已經塞爆了嗎？

「到時候地球資源枯竭，山林銷毀，河流乾渴，空氣污染，氣候變得極端，風暴海嘯，雪崩地裂，地球哭了，而人類生活，也只會變得危險和痛苦，要水沒水，要吃沒吃，呼吸困難，生活艱苦，身體難

受，你想這樣嗎？」陳老師繼續說。

「……」有這麼可怕嗎？!我們都睜大眼睛聽着。

「咳……咳……咳……」不知怎的，愛美麗咳嗽不停，她的敏感症又發作了。

「如果繼續浪費，到我們長大後，地球會變成什麼樣子？」想到這裏，我不寒而慄了……

「我覺得這鞋款很in呢，我遲些換鞋，也會考慮選這一款。」口水王子王子奇一說，甲由王子黃小強立即附和，呂仁聽罷，立時把鞋捧在手中說：「真的？!」

看，這就是王子的影響力！

送給媽媽的生日禮物

1. 作文題目

作文課，今天又會有什麼新奇有趣的作文題目呢？

上一次，發生了呂仁殺鞋事件後，陳老師便給我們「一個有關謀殺的故事」的作文題目，着我們寫人類破壞環境的題材。

我們小孩子可厲害

了，怎麼樣的環境謀殺案都知道，小如殺蚊、殺蟻、殺蟑螂，這些許多小孩子都曾做過；對大點兒的動物則有殺鼠、殺貓、殺狗啦，也聽過，甚至耳熟能詳；從新聞報道中，我們還知道有殺兔子啦、殺果子狸啦、殺蛇啦、殺狼啦等人類暴行；人類也謀殺巨獸，殺鹿吃肉、殺虎剝皮、殺象拔牙、殺貂取毛、虐熊取膽汁等等，這是多麼殘忍的啊！還有呀，海洋的生物也難免於難，日本人捕鯨、中國人獵鯊……通通都是人類濫殺生物，破壞環境的罪行。上次「一個有關謀殺的故事」的作文題，我便寫自己最喜歡的小白海豚在香港走投無路的悲慘遭遇。

想不到，「一個有關謀殺的故事」的作文題，很對我們小朋友愛新奇愛驚恐刺激的胃口，離奇的是引起了全班同學對環境被破壞的熱烈討論和需要保護環境的深思。更離奇的是，許多同學都愛上作文課，期待下一次的作文！

今次，陳老師又會擬出怎樣的有趣題目呢？

2. 引頸以待的作文課

引頸以待的作文課來了，陳老師沒

有在黑板上寫上作文題目，反而提出了一個奇怪的問題：「假設今天是媽媽的生日，你們會送什麼生日禮物給她呢？」突如其來的問題，引來一片靜默。

「不需要貴重，只要媽媽喜歡便可以了。」陳老師補充說。

「想想，媽媽有什麼生日願望呢？」陳老師繼續引導大家思考。

媽媽有什麼生日願望？

「噢，沒想過。」快人快語，不經大腦，沒想到便不要作聲啦。

「想要個新手袋吧……」不太肯定的

語氣，拿不定主意。

「媽媽的生日禮物，一向是爸爸送的。」分明是沒心肝的傢伙，想他一定是從沒理會過媽媽的生日。

「我摺幸運星。」說話的是一個愛做手工的女同學，用愛心摺幸運星作媽媽的生日禮物，我也做過，絕對是一種誠懇的心意。

媽媽有什麼願望呢？我們是否可以利用她的生日，幫助媽媽達成呢？

王子奇媽媽的願望是什麼呢？

「她要我一生平安，不要那麼多口水。」王子奇的說話，逗得全班都笑了，發生過交通意外，被汽車撞過，王子媽媽當然最希望他一生平安，但口水王子沒口水，還是口水王子嗎？

甲甴王子黃小強媽媽的願望是什麼呢？

「她要我出人頭地，不要老是做跟班。」全班又笑了，說到成績嘛，他在班中倒數第三，跟在二十三個人後面；但說到打甲甴呢，他真是王子級數，身手敏捷，手到擒來，英雄本色，在班中數甲甴殺手，他認第二誰敢認第一？

吳明白媽媽的願望是什麼呢？

「她要我考第一，成績頂呱呱。」吳明白啊吳明白，你上課老是中文「唔明」，數學又「唔明」，英文更多「唔明」，何時才考到第一呀？更何況，班中有「考試永遠第一公主」金晶在，我想，成績頂呱呱？哈哈，捧西瓜就有你的份兒吧。

溫恬妮媽媽的願望又是什麼呢？

「她想爸爸不用北上，回來香港工作，一家團聚。」溫恬妮說的，正是香港許多家庭的願望。她爸爸終年不在家，明明有爸爸又好像沒有爸爸，難怪小甜甜的媽媽抑鬱到生病住院，時常要小甜甜逗她開心。

愛美麗媽媽的願望是什麼呢？

「她想樓價大跌，讓我們可以買樓上車。」愛美麗媽媽的願望，只可列為「發夢」一類。香港樓宇價貴，炒風熾盛，愛美麗一個小孩子，怎可能實現媽媽的願望呢？愛美麗，你可以用鞋盒做間三層高有前後花園的「夢幻小屋」送給她，滿足她的「春秋大夢」好了。

我孫小玲媽媽的願望又是什麼呢？

「很簡單，媽媽每年生日，許願都是說希望闔家平安，身體健康，快快樂樂。」媽媽的願望切實又簡單，我只要努力讀書，勤加運動，健健康康、快快樂樂地成長就是了！嘻嘻！

這才是最重要的，不是嗎？

3. 大出意外的生日禮物

「我會編織一條頸巾送給她。」一把男孩子的聲音，引得全班大笑起來，也把我們的小頭顱吸引轉向，要看看這個編織男孩。

沒有人想到會是他！壞蛋呂仁！

呂仁的故事怎的說不完？

壞蛋就是多故事？

故事都愛發生在壞蛋身上？

編織不是女孩子做的嗎？

男孩子生性好動，怎會愛呆坐編織？

更何況是只會搞事，愛搗蛋破壞，喧嘩追逐的壞蛋呂仁，他怎可能安定地坐着編織頸巾？

看呂仁，表情是認真的，又好像不是隨口說的。

「你為什麼要送頸巾，還要自己編織呢？」陳老師問道，分明對呂仁編織頸巾這件事感興趣。

「媽媽每年都説要親手編織一條温暖牌頸巾送給婆婆，婆婆七十多歲，怕冷，但媽媽很忙，總抽不出時間，婆婆生日快到了，卻在前天急病進了醫院，天氣又這麼寒冷，我想，我應該代媽媽編織這條頸巾，送給婆婆。」

「你很愛婆婆嗎？」老師問道。

「婆婆很疼我，我小時候是住在她家裏的，在周末才回爸媽的家。」

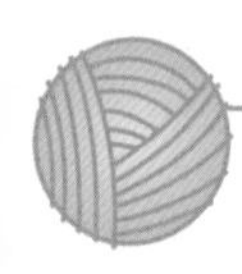

呂仁低着頭，輕聲地說。天！還兩眼泛着淚光！壞蛋的第一滴淚？!

粗暴魯莽的呂仁，這時刻，顯得這麼温柔、温婉、温情，實在太出人意料之外了！從來，大家都標籤他是「壞蛋」，他也自詡是「很壞很壞的蛋」。

一個不在父母身邊長大的孩子，一個畫得祖母還就溺愛的孩子，怪不得這麼頑皮搗蛋，變成眾人口中的「壞蛋」。

此時此刻，同學們都深深地被他感動，紛紛鼓掌表示讚許。

呂仁為媽媽織頸巾送婆婆，表現了對婆婆感恩的愛，他要用自己的雙手和心血來達成媽媽的願望，表示對媽媽的關愛，實在一舉兩得，被全班公認是給媽媽的最佳禮物。

「呂仁，你幾時學懂編織頸巾的？」陳老師問道。

「我……我……我不懂。」呂仁滿臉通紅，變了個紅鴨蛋。

「不要緊，呂仁，我們一起去找家政科李老師，一起學，一起織。」有這樣豪氣與胸襟的，當然是口水王子。口水王子這樣說，男孩子起哄了：

「我也去……」

「我也去……」

「我也去……」

說着說着，我也想起我的公公婆婆，近來因為功課和測驗比較多，我已經許久沒去探望公公婆婆了……

五樓男廁最後一格

1. 樓梯轉角處

我很喜歡我的學校，很愛上學，因為可以聽老師說故事，學習知識；最好玩的，是放小息時到操場去玩耍，男孩子追逐啦、打球啦，女孩子捉迷藏啦、跳飛機啦，我還學會打羽毛球哩，玩得不亦樂乎；最興奮的是衝去小食部排隊買零食，你買這個，我買那個，然後躲在一角分享。

這天，小息鈴聲響了，老師一踏出課室，同學們便蜂擁而出，我和愛美麗當然也不甘後人，但小甜甜是班長，不可無所顧忌地造次，而我們是好朋友，當然要和她一致行動，眼睜睜地看着同學們都跑了，我們也就乾脆放慢腳步，橫豎走到小食部，也一定排不到前面的位置。

真是錯有錯着，我們放慢了腳步，卻在樓梯轉角處看到那小我兩歲，和我同校，讀小一，諢名「臭屁蟲」，後來又因挖「鼻屎」吃而被我叫做「鼻屎蟲」的弟弟孫小雄，結果我們參與了一件驚慄緊張又刺激荒唐的事。

弟弟本來是小胖子，好吃又懶惰，整天就愛吃吃吃，他尤其愛吃垃圾食物如漢堡、薯條、糖果等，還常常吵着不要讀小一，要直接升上小二，以便可以自己帶零用錢到小食部買零食吃！

他最不愛的是運動，好食懶動，結果把自己變、變、變，變成小胖子。只是肚裏垃圾太多，使他經常突如其來地排放又響又臭的屁，成為聞名全校的胖嘟嘟「臭屁蟲」！

最被他累慘的是，人人都知道我是「臭屁蟲」的姊姊，你們說，被叫做「臭屁蟲姊姊」，是否很嘔心？是否很羞家？是否很沒面子呢？只是他那「臭屁蟲」諢名，卻是我給的呀，我這是不是叫做自作自受

呢？！想起來，自己也發笑！

前一陣子，他還愛上挖自己的鼻屎放進口嚼！恐怖嗎？許多時，他一惹我生氣，我便會叫他「小胖子臭屁蟲跟尾狗鼻屎蟲」！幸好同班好同學們也真給臉，並不在我面前叫他「臭屁蟲」這個諢名，只是叫他做「肥仔熊」，熊、雄同音唄。

弟弟天生樂觀，毫不介意人家叫他什麼「臭屁蟲」、「肥仔熊」等等，他只會瞇着眼睛露出小梨渦傻笑，他每天就是笑嘻嘻地做人，樂呼呼地過活，真是名副其實的開心果，他的活潑好玩，慷慨樂助，充滿正能量，居然吸引了一羣「屁迷」好朋友！

他被高年級的大個子吳豪搶零食欺負後，便決心積極運動減肥，使本來每個動作總要遲人一百二十秒的活動機能提升，以便逃「難」。只是婆婆疼愛他，老愛乘大家不覺，在他書包中塞進他喜愛的零食，讓他在學校享用，使他減了三磅，又再重回三磅，你說好笑不好笑？

在一、二年級樓層走廊上，他正和另一個和他一樣長得胖嘟嘟、有「嬰兒肥」的小同學爭執着什麼，我和愛美麗、小甜甜怕他出事，立即走過去。愛美麗、小甜甜和我是好朋友，平日也常和小雄一起在

屋苑平台玩耍，也把小雄當作自己的弟弟一樣愛護。

「我怕鬼……」小胖子說。

「我也怕鬼，你見過鬼嗎？」小雄說。

「我怕鬼，但沒見過。」小胖子說。

「我怕鬼，學校有鬼。」小雄說。

2. 鬼在哪裏？

兩個小胖，全身圓轆轆，揮動着蓮藕般的肥手臂，圓鼓鼓的肚子縮了又脹，脹了又縮，你一言我一語，鬼來鬼去。

「小雄，學校有鬼？」我跑上前，心急地問他，老實說，我是女孩子，當然是既怕黑，更怕鬼的！

「……」小雄睜大眼睛，想不到被我們聽到「秘密」。

「誰告訴你學校有鬼的？」小甜甜問。

「……」小雄抿着嘴，不說話。

「為什麼不說了？」我窮追猛打。

「他說這秘密，只有他和我知道，不

可以告訴任何人，說了鬼會來找我。」小雄輕聲說。

「他是誰？」這樣可惡，恫嚇小朋友？

「是和你同班的嗎？」搖頭。當然不會是一、二年級的小傢伙，他們可能會說鬼話，但不至於會說「不可以告訴任何人，否則鬼會來找」等恐嚇人的說話。

我立即想到壞蛋呂仁，他可是什麼事都做得出的。

「是我班同學嗎？」搖頭。不是呂仁？會是誰？

「是校工叔叔嗎？」我們知道校工發

叔愛講故事，我們曾經央求他講鬼故事，尤其是有關學校的鬼故事。又是搖頭。

這時候，口水王子王子奇和甲甴王子黃小強剛好經過，聽到我們的對話，說：

「不用猜是誰了，我們乾脆捉鬼去！捉來看看是什麼樣子。」有男孩子壯膽，太好了！

「那個人說鬼在哪裏？」王子奇問道。

「在五樓男廁最後一格。」弟弟爽快地答道，這不出奇，在學校，他最崇拜的是口水王子王子奇，口水王子成績雖非名列前茅，只因生得比同輩同學稍為高大，說話風趣又有禮貌，對上尊敬對下愛護，

單車技術更是出神入化，明年還將會代表學校出賽，所以是大家都崇拜和喜愛的人物。

「嘿，你叫什麼名字？」王子摸着小胖子學弟的頭問道。

小胖子仰起頭說：「李好。」

「噢，你好，真有禮貌，乖，你叫什麼名字？」王子再問。

「李好。」小胖子仍然仰起頭，認真地說。

「是是，你好，我好，大家好，可以告訴我們你叫什麼嗎？」王子以為小胖子故意要逗大家。

「我說李好。」噢，My God！有人居然比王子更有禮貌，接二連三問好！

「他叫你好。」小雄咬字不清，說了等於沒說。

「呀，你姓李，名叫好，是嗎？」我靈機一觸，想到近音字，雖然李、你發音略有不同，但小孩子通常咬字不清，分不清發L音的李、N音的你。

小胖子終於點頭稱是。

3. 真的有鬼？

「好，你好我好大家好！一起上五樓！捉鬼！」王子大手一揮，大家浩浩蕩

蕩衝上去！

「那人說鬼匿藏在五樓哪裏？」跑上樓梯時，王子明知故問。

「那個哥哥說鬼便匿藏在五樓男廁最後一格，叫我小息去看看。」小雄跑樓梯，鼓鼓的肚子一上一下的跳動，喘着大氣，小雄呀，你減肥尚未成功哩。

「哦，那個哥哥……」王子出其不意乘機問道：「哦，那個哥哥的課室在幾樓？我們找他一起去？」。

「就在……五樓六年級……丙班課室。」小雄仍然喘着氣，不假思索地回答。知道了，是六丙學生。誰呢？

「哦，是的，六年班就在五樓，和所說的有鬼男廁同一層。」

「他約了我一起去找那隻鬼，去看看他的鬼樣子。」

「你們約了在哪兒見。」

「他會在廁所中等我，我到時叫他便可以了。」小鬼說鬼話！

4.「他」是誰？

在五樓男廁門口，大家都很緊張，都

不敢張聲，王子示意我們女孩子在門外等候，他和小強、小雄和李好躡手躡足進去。有大家壯膽，小雄勇敢地走在前面，胖手掩着嘴輕聲叫道，怕驚動那隻鬼似的：

「唔好哥哥，唔好哥哥。」

大家噤若寒蟬，男孩子們都躲到「鬼」見不到的地方，只聽到小雄低声呼叫：「唔好哥哥，唔好哥哥。」

是他？！

「嗚……嗚……我……死得好慘呀！你來做替身吧！你來吧！」第五廁格內傳出陰森淒厲的哭聲……十分恐怖。

「哇哇哇……」兩個小胖子被嚇得要

哭起來，轉身拔腳就跑，我們在門外摟着他們，掩着他俪的嘴巴，不讓他們張聲，自己也緊張得手心冒汗。

男廁最後一個廁格內，一會兒傳出「嗚……嗚……嗚……」的哭聲，一會兒又傳出「騎騎騎……」的笑聲，加上窗外的大葉榕樹在搖晃着，枝葉掃窗，沙沙作響，Wow，的確恐怖！

難得王子奇和黃小強膽識過人，仍然躲在廁所內等鬼，一個一格，在末格的前兩個廁格。

鬼出來了。

好一會兒，末格廁格的門打開了，鬼

要出來了！

鬼先探出頭來！呀！有一塊黑布蒙着頭的；接着，一個高佻的身影，倏地敏捷地「飄」了出來似的……

5.「他」是誰？不會真是鬼吧？

我們引頸緊緊盯着，又怕被「他」發現。

看身高，他比王子高出大半個頭，王子怎能捉到他？

「唔好哥哥，快來救我呀！鬼出來了呀！」小雄掙脫了我的手，大聲呼喊着，他實在太害怕了。

就在這時候，只聽到黃小強大叫道：「哇，地上許多甲甴呀。」

蒙面身影立即用手掀起黑布一角，想看看那「許多甲甴」，此時，「雙王」雙雙撲上去，一個扯頭巾，一個摟腳……

是「他」扮鬼嗎？

果然是他！

他，吳豪！小雄口中的「唔好」，惡霸吳豪是也！

「為什麼扮鬼嚇小孩子？」我摟着猶有餘悸的小雄，氣憤地問。

「玩玩吧，緊張什麼?!哼！」一副小混混口吻，十分討厭。

這吳豪惡霸，就讀六年級，恃着高年級，又生得高牛大馬，常常欺負人，特別愛欺負小雄，愛搶他的零食，因小笨熊太胖走不動，屢屢被他揪着領子搶掠，連生

得高大魁梧，小孩仰頭只看見他的鼻孔和鼻毛的體育科何必老師，也沒他奈何，有好幾次，是小雄自己放一連串的臭屁臭走他的。小雄就像臭鼬黃鼠狼一樣，善射臭氣對付敵人。

吁，原來學校五樓男廁最後一格的「鬼」是人扮的。

學校並沒有鬼！大家都鬆了一口氣。

放學，校車上，我們卻聽到小雄小聲對鄰座的另一個小一女孩子說：「今天小息，我在學校五樓男廁見到鬼……」

膽小鬼小胖子，見到鬼又哭又跑，竟然也鬼話連篇去嚇人！

這樣是很不禮貌的

1. 憤怒鳥

我家弟弟小雄，有一段時間，為了不再做「肥仔熊」、「臭屁蟲」，也嘗試過努力減肥減食做運動，一番努力下，肚腩果然變小了一點，手腳胖肉也消失了一點，也不常放屁了，只是，唉，江山易改，本性難移，他貪吃的天性又怎會說改就改呢？而且他天生樂觀，每天都是笑嘻嘻的，叫他變瘦？很難喲！

小弟弟長得胖嘟嘟，圓圓的小臉紅彤

形，叫人忍不住要捏他一把；他那雙像蓮藕般的小手臂，加上胖胖的小手指，拖起來真給人舒服的感覺，橫豎臭屁會隨風飄散，久而久之，大家不但不介意他那些突如其來、既響且臭的屁，反而因為他可愛的胖小子形象及隨和逗笑而又慷慨的性格，更特意來找他玩了。

只是近來，他的脾氣好像變得怪怪的，比以前容易生氣，容易發怒，看他豎眉睜眼皺鼻嘟嘴紅臉的樣子，簡直就是一隻憤怒鳥。說起來，我也真的看見他玩不知哪裏弄來的憤怒鳥貼紙，他更不時央求媽媽買憤怒鳥玩具和書包等，

媽媽當然不會答應他，媽媽摟着我們說：「噢，小雄，憤怒即是不開心、不快樂，你想做隻不開心、不快樂的小鳥嗎？」

「當然不，我希望成長只有快樂，沒有憤怒！」我搶着說。

弟弟搔頭嘟嘴，笑了。

2. 童年陰影？

記得小雄上小學的第一個月的某天小息，他在操場一角吃零食時，有一個大個子忽然站在他前面，恐嚇他要搶他的薯片，弟弟不但不就範，還連忙把薯片放在身後，不向惡勢力低頭，大個子卻暴力地一手揪着他領子，一手拉扯他放在身後的手臂，他手一鬆，薯片撒了一地。他大哭起來，哭聲震天，大個子還警告他改天會再來找他要零食吃！簡直就是惡霸！

小雄太胖，遇到危險，即使想拔腳逃走，雙腳也不會聽使喚跑起來。

我當然不會讓弟弟被人欺負，

我們調查到那個惡霸叫吳豪，是我同班同學「口水甲由」，現在變成「甲由王子」的黃小強的鄰居，讀六年級，恃着生得高大，常常欺負人。事後，我們帶着小雄去見負責操場秩序的何必老師，何必老師也答應處理欺凌事件，但吳豪仍然不時來騷擾弟弟。

老實說，老師又做得了多少？看來，要不被欺凌，還是要自己強壯、堅強起來。

3. 一家人在牀上

晚上，睡覺前，我和弟弟爬到爸媽牀上，一家擁在一起說話，睡前談話這一段時間，是我們一天中最快樂的時光。

弟弟忽然說：「媽媽，叫人家『衰人』，是不是很不禮貌呢？」聽他的語氣，好像有做錯了事的不安。

「那當然是很不禮貌的囉，『衰人』兩個字，是很粗俗的。」媽媽說。

「罵人『衰人』，表示對方一無是處，很討人厭。」爸爸補充說。

「怎麼了？你罵人『衰人』，還是被人罵『衰人』？」媽媽好機靈，知道弟弟發生了事兒。

我很雀躍，想知道他的故事。

弟弟未開始說故事，一雙眼睛先紅了……

「弟弟，不要緊，爸爸媽媽和姊姊都相信你，你慢慢說。」

弟弟果然開始說他的故事：

「今天，我和好同學毛禮文正在操場玩耍……」

「毛禮文？我知道，那個請你吃鼻屎的小男生！」我興奮地搶着說，惹得大家都笑起來。毛禮文請弟弟吃「鼻屎」，他卻以為那是自己鼻子裏挖得出來的髒東西，放進嘴裏吃得津津有味，害得我還向媽媽「告狀」，經媽媽解釋，我們才知道「鼻屎」正確名稱叫鹹甘橘粒，是一種傳統零食，媽媽小時候也愛吃。

4. 憤怒鳥上身

「那個大個子，今天又走過來揪住我倆的衣領，問我們帶了什麼好吃的。我要他立即放開手，他不但不放

開手，還說替我們玩對對碰……」

「什麼對對碰？碰什麼？碰哪裏？」我緊張地追着問，爸媽皺着眉頭，好像知道弟弟在說什麼。

「他一手扯住我，一手揪住毛禮文，用力扯我們碰撞在一起，一次、兩次、三次……」

「噢，他是巨人嗎？他好大力啊！」我驚叫道。

「那麼，你有受傷嗎？」媽媽撫着弟弟的頭，一臉憐惜，一邊問，一邊檢查他有沒有受傷，爸爸冷靜地等待弟弟繼續說下去。

「我沒事，我們碰到嘭嘭響，但我肉多，有肚腩仔，毛禮文則慘了，撞到頭腫了個包，手腳瘀了。」弟弟說時，有點得意洋洋。

剛才還兩眼噙淚，想哭呢！現在卻因肥胖而沾沾自喜了?!

「接着你怎樣做呢？」媽媽問。

「我掙扎，用肘撞他，用腳踼他，我覺得自己變了一隻憤怒鳥！」還說得手舞足蹈，滿臉通紅，果然是憤怒鳥上身！

「我還罵他——『衰人』！死惡霸！大蝦細！」

5. 這的確是很不禮貌的

「罵得好！」我、爸爸媽媽竟然一起叫起來！我們還一起豎起拇指稱讚他！

「誰叫他欺負小孩子！」我說。哼！以為我們小孩子好欺負的！

「你罵他，他有什麼反應？」媽媽這樣問，我看是擔心弟弟跟着是捱打了。

「他好像很愕然，瞪我一眼，哼了一聲，跑了！」弟弟笑了，嘴角兩個梨渦深深凹現，還豎起勝利手勢，好像打退了壞人般得意洋洋，他，正等待我們第二次稱讚……

「爸媽，我打他踢他，又罵他衰人、

死惡霸，是不是很沒有禮貌呢？」弟弟說。

「是的，這是很不禮貌的舉動和說話，但這次，媽媽支持你，我相信爸爸和姊姊也是。」媽媽說。

我不會被人欺負，也不會讓弟弟被人欺負，雖然我和他老有爭執。

「誰叫他老欺負人，罵他一頓，好叫他以後別再欺負人。」媽媽說。

「男孩子用暴力方式去解決問題，是很平常的事。」爸爸分明要培養弟弟男子的氣概，爸爸繼續說：「但是小雄，你記着，不可以養成暴力的性格。」

「小雄，你為什麼不去向老師投訴

呢？」媽媽問道。

「上次弟弟被惡霸搶零食，我們去投訴過啦，有用嗎？」我說，或許我長大了，我覺得「告狀」是未必有用的，甚至是幼稚行為。

「是的，告狀也不是很容易的事，不是每個場合都可以立即找到老師告狀的，也不是每個被欺負的人都能夠將事情說得明白的。」媽媽說。

「被欺負，要表現反抗的勇氣，要第一時間勇敢地嚇退對方。」爸爸握着拳頭說。

「小雄，你很乖，說了罵人的話

後會反省，實在十分難得。」平日愛教我們禮義廉恥的媽媽摟着弟弟説。

「現在家教缺失，自私自利，品行不良的孩子實在太多了，他們專挑好欺負的弱小下手，看準弱小不敢反擊，他們就會一直找機會，把欺凌當消遣。我們要教孩子保護自己，不能被他們當出氣袋或消氣玩偶！」爸爸對媽媽這樣説。

「欺負你和毛禮文的是誰呢？」這個問題為什麼沒有人問呢？

「是六年級吳豪。」

「又是他！惡霸吳豪！之前不久他才扮鬼嚇你呢！」我叫了起來。

「毛禮文也說要『打死你個死惡霸吳豪！』」弟弟揚起拳頭道，他們那兩個多肉加兩個皮包骨的小拳頭，打死人？搔癢吧？我打從心裏笑了起來。

第二天，爸爸媽媽帶着我們上學，操場上，我們指着一個高個子，告訴爸媽說：「那人就是惡霸吳豪。」

之後，爸媽向着吳豪走過去……

奇怪？他們怎的好像在談笑？爸爸還在拍吳豪的肩膊呢！

更奇怪的是，吳豪從此再也沒欺負弟弟了！

到底爸媽和他說了什麼？

作家分享・我想對你說

小朋友，我相信你們在這本書中，會發現到許多意外，感受到許多驚訝，由此而發覺，原來閱讀真是這麼的好玩。最難得的是，在享受閱讀中你會領悟到一些成長的道理，發現原來每個人在表面言語行為之下，都有另一個自己。你們要知道那另一面，才能真正了解自我和別人的優點和缺點，幫助自己建立智仁勇的素質。

這一本《甲由王子的神秘傷口》故事集，和上兩本《口水王子的魔法咒語》、《單車王子怎麼啦？》一樣，一共收錄了六個有趣的成長故事，主要的故事人物沒有改變，讀着他們的故事，使人有一種親切溫馨、快樂成長的感覺。

《甲由王子的神秘傷口》中的甲由王子其實是口水王子的跟班，他愛說話，但只是應聲蟲，拾人牙慧，在同學心目中，他地位不高，但意外地在一次甲由風雲中，他卻使同學目瞪口呆，將他捧作英雄，提升到王子級數，這一點，你沒想到吧？你認為同學們為什麼會對他改觀呢？

小甜甜性格柔弱不爭，卻因一番動人的話，使同學投票選了她做女班長。在《班長大人》中，她卻大出同學意料之外，變得威風強悍而不近人情，動輒向老師打小報告，引起同學不滿。她的好同學孫小玲都美麗更和她絕交，她被孤立了，幸好，她最後都能得到同學們的理解和支持。

謀殺，通常說的是預謀、計劃去殺人，但《一宗謀殺案》說的卻是謀殺一雙鞋！一個小學生，為什麼要殺死一雙鞋呢？他和那雙鞋有什麼恩怨呢？謀殺案發生在學校，「兇手」又會有怎樣的收場呢？故事這樣的編排是不是令你覺很有趣？

《送給媽媽的生日禮物》，只不過是一條普通的、尋常的作文題目，相信許多小學生都寫過，想不到的是，卻引出了壞蛋同學呂仁溫柔深情的一面，也引出了我的眼淚，我深深被頑皮作惡的呂仁感動，更為他喝彩。其實，每個人都有他善良柔情的一面的。

鬼怪故事，對小孩子永遠吸引，所以差不多每間小學都有鬧鬼的傳說，《五樓男廁最後一格》，「搗鬼」的人總以為自己的「鬼招」能使低年級小孩嚇破膽，想不到小孩卻會一邊膽顫心驚，一邊去「捉鬼」，十分「搞笑」。

爸媽常教孩子要有禮貌，《這樣是很不禮貌的》說的卻是弟弟小雄以很兇的說話和行動反抗惡霸欺凌的故事，當他為自己的不禮貌覺得內疚時，卻驚訝地得到全家人的支持。你認為，如果故事發生在你身上，你的爸媽會有怎樣的反應？

——孫慧玲

仔細讀，認真想

看完這本書之後，你心裏會有什麼感想或收穫呢？你對故事中的人物又有什麼評價呢？請再結合下面的思考題想一想吧！

1. 假設你是校長，你可想到什麼方法杜絕校內甲由呢？
2. 你想做班長嗎？說說你想或不想做班長的原因。
3. 你試過故意破壞過什麼，希望父母會因此而買新的給你嗎？如果有，請說說你的故事。
4. 《送給媽媽的生日禮物》中，壞蛋呂仁說了什麼話，做了什麼事，使大家感到意外又驚奇，使大家對他改變了看法，還一致支持他？
5. 試說說《五樓男廁最後一格》中高年班大塊頭怎樣設計要唬嚇低年班同學？
6. 如果你被欺負，你會怎樣應付呢？

勤思考，學寫作

閱讀優秀的文學作品，記得學習作者的寫作技巧來提升我們的語文能力啊！

1. 請看看作者怎樣去用不同的寫作手法去引導讀者反思。

誠懇、有禮、親切、體諒；
專橫、強權、冷漠、自把自為；
你班的班長屬於哪類型？
如果給你做了班長，你會是哪類型？

（《班長大人》）

賞讀：寫兩類型的班長，作者用了對比和設問兩種手法，先用對比法描述兩類型的班長有什麼不同，再用了設問法引導同學思考，作出反思。

2. 請看看作者怎樣用襯托手法去突出主題情節。

小息，我們少女三人組正在操場蹓躂，說着老師們的新髮型新鞋子小動作等各種各樣有趣的事……我們向着操場偏遠的那棵大榕樹走去，想坐在樹下分享大家的零食，繼續談心。忽然，大榕樹那邊傳來惶急的叫聲：……（《一宗謀殺案》）

賞讀：環保題材不容易寫，因為容易流於沉悶，作者把它寫成一宗謀殺案，大大提高了趣味性；而且在發現謀殺案之前，又故意先說一些輕鬆的事，作為後面緊張情節的襯托，使接着下來的謀殺案顯得更出乎意料，匪夷所思。

3. 請看看作者怎樣寫人物的性格和動作。

記得小雄上小學的第一個月的某天小息，他在操場一角吃零食時，有一個大個子忽然站在他前面，恐嚇他要搶他的薯片，弟弟不但不就範，還連忙把薯片放在身後，不向惡勢力低頭，大個子卻暴力地一手揪着他領子，一手拉扯他放在身後的手臂，他手一鬆，薯片撒了一地。他大哭起來，哭聲震天，大個子還警告他改天會再來找他要零食吃！簡直就是惡霸！（《這樣是很不禮貌的》）

賞讀：作者用逐步刻劃的手法，描述大個子欺負小孩的情況，將一個惡霸的形象，塑造得活靈活現，十分真實生動。